이팝나무 아래에서

이팝나무 아래에서

지은이 | 고유진
펴낸이 | 김순일, 임형오
펴낸곳 | 미래문화사

1쇄 발행일 | 2014년 9월 28일
2쇄 발행일 | 2015년 12월 15일

등록 번호 | 제1976-000013호
등록 일자 | 1976년 10월 19일
주소 | 경기도 고양시 덕양구 삼송동 78-28 1F
전화 | 02-715-4507, 02-713-6647
팩스 | 02-713-4805

전자우편 | mirae715@hanmail.net
홈페이지 | www.miraepub.co.kr

ⓒ고유진 2014

ISBN 978-89-7299-430-5 03810

이팝나무 아래에서

고유진 시집

미래문화사

평생 수고로운 삶에서
자유롭지 못하고
정직하고 굳센 의지의 힘이 슬펐던
나의 아버지께 이 시집을 바칩니다.

시인의 말

상큼한 빨랫비누 향이 후텁지근한 여름을 개운하게 식혀오면 고운 미풍에 박하 향이 스며오는 듯하여 나는 자주 빨래를 널고 흡족해한다.

그렇게 시를 쓰면서 내 속의 헝클어지고 얽힌 불협화음을 빨래하여 널 듯, 삶을 정화하며 기쁨으로 지내온 시간이었다.

소박한 삶의 일기를 쓰듯 지난날의 회상과 내 주변의 일상을 큰 꾸밈없이 써내려간 시어로 모두에게 정겹게 다가서는 공감의 한 자락이 되었으면 좋겠다는 소망을 가져본다.

첫 시집이 나오도록 심혈로 도와주신 김옥림 선생님께 감사 말씀드리며 적극적인 격려로 부족한 나를 지탱해준 가족의 사랑은 늘 내 편이 되어 토닥토닥 다독여 주었다.

그리고 세상 그 어느 누구보다도 이 시집이 나오기까지 그리움의 언덕에서 따뜻이 굽어살펴 마음의 힘이 되어주신 하늘에 계신 아버지께서도 크게 기뻐해 주시리라 믿는다.

고마운 하루의 경건함을 깨우고 꽃에 물을 주듯 생각에 생각을 거듭 가꾸며 또 다른 내일을 꿈꾸면서……

2014년 여름날
고 유진

차례|

다시 또 오월입니다   제2부

잃었던 노래를 다시 찾다   제4부

제1부

우연한 선물

아지랑이

초점을 흐리고
뇌의 감각적인
맥박을 잠재우고는

노곤노곤 오수의
단잠으로 이끄는
사막의 신기루처럼

꿈결의 마술사
빛의 강렬한 편력

운우지정을 나누다

몇 날인지 알게 모르게
우연인 듯 필연으로
세월을 비껴
부둥켜안은 우리는
아무도 모르게
꿈꾸듯 사랑을 나눈다
얼굴도 없이

봄 여름 가을 겨울
꿈결처럼
세월과 함께 사랑을 쏟았다
몸짓도 없이

구름으로 세찬 비로
뜨거운 한 몸을 이룬다
네 얼굴 네 몸짓 데워진 네 입술

이제야 온전히 꿈속을 벗어난 것인가

하여, 아득한 봄날
서운히도 짧은
운우지정을 나누다

불면의 밤

너를 잃은 슬픔의 밤
오 어둠의 장막은 남아있던 사위까지
모두 먹어 잠재우고 말았다
숨죽인 침묵이 흐느껴 운다

나는 늘 네 관심의
제외선 밖에서
하릴없이 기웃대던 이방인

지친 기억들이
구석구석을 할퀴면
또다시
시작되는 불면의 밤
흠뻑 칠흑의 어둠이 합세한 나락
그 끝 간 곳으로 빠져든다

눈을 감아도
어쩌지 못하는

잠들지 못하는 고요
잠들지 않는 슬픔

너를 잃은 밤이 그러하였다

꿈이었을까

안개비가 내렸다
음습한 비 냄새

먼발치에 홀연한 인기척
가까운 듯 흐릿한 실루엣
손을 앞세워 불러봤지만
도통 소리 닿지 않는
허우적거림으로 숨만 가빴다

자욱한 빗속으로
누군가 사라진다,
의문을 띄운……

보이지 않는 얼굴
그러나 알고 있다

그래 감성의 유혹이 사라진 다음 날
안개비 속에 흐릿한 얼굴도

모두 기억 없는 망각이기를

현실과 같은 꿈이 계속되는
버거운 불면의 밤

꿈이었을까
그마저도 되 뇌이지 않는
부디 완벽한 망각으로
이 밤 침식되어 가기를

내 심장이 멈추다

하루에 십만 번 울리던
내 심장의 고동이 멈추었다

찌를 듯한 기세
고공낙하 하듯
내 여린 살갗을
도려내었다 기웠다 하더니
한날은 울림도 미동도 없다

너 떠난 후
차갑게 굳어버렸다

잠들지 않는
싱가포르의 밤*

어둠이 내려앉는 밤
싱가포르의 밤은 끝없이
펼쳐진 별들의 바다

너와 나의 육지
너와 나를 잇는
영혼의 다리

불빛 품은 강물이
철썩이며 노래로 흐른다

*싱가포르 '클락키 리버'에서.

우연한 선물

착한 마음을 간직한 이에게
보내어진 선물
예상치 않은 곳에서의
핑크빛 희망을 보았다

늦은 감이 있으나
투덜대고 싶지 않다
이미 마음은
두둥실
하늘을 날고 있으니

아주 오랜 후의 맞이한 설렘
두 눈 감기도록 포근한 잠결

난 이제야
구름 속을 좀 더 노닐고 싶다
현실에 종지부를 찍는
사라지지 않는 로맨스

꿈결 같은 미지의 선물

우연한 그곳에 있었다

하롱베이Halong Bay[*]

짙푸른 돌기둥
병풍처럼 거대한 위용의 자태

황해를 휘돌아 옹기종기
정다운 섬들을 끼고
뭇 짐승 닮은 기암괴석을 본다

어디서부터 연유 했는가
끝닿는 곳은 어디인가

먼 홍하강 황하를 타고
기나긴 라오스의 어느 유역까지
거침없이 흐르다가
흐르다가 만나는 곳
하롱베이

한 서린 역사가 꿈틀대이는 유산
그 아픔처럼 탁류 되어 만을 이루었다

섬 오르니

사백 두 계단

고온의 바람을 타고

티톱 섬의 절경이 펼쳐진다

오 푸른 갓 쓴 하롱절리

장관을 이루었구나

*베트남 꽝닝 성 통킹 만 북서부에 위치한 만으로. 해안선 길이는 120km에 이
르며 총면적은 1,553 제곱킬로미터이다. 부속 도서의 수는 총 1,969개에 이
른다.

비가 와

사랑이 와
내리는 비처럼

비가 와
눈물처럼

비가 그치고
빗물이 마르면

사랑은 가고
마음속은 눈물바다

개미

먼 옛날
어떤 죄를 지었기에
너만 그리 바쁜 거니

애처로운 잘록한 허리로
보도블록 틈 사이를
쉴 새 없이 오가는 너를 본다

뉘를 위한 일생을
이름 없는 수고로 마감하는가

묵묵히 먹잇감 나르다
자신은 돌아보지도 못하고
가는 너의 경건한 삶은
어디서 박수를 받을까

우리 집 채송화

황홀한 네 빛
이국의 붉은 정열로
속마음을 열어 보인다

열정을 토하는 너를 보다
왠지 숨죽여지는 나의 조촐함에
깊은 가을을 느낀다

빨갛게 뿜어내는
뜨겁기만 할 네 기운 뒤엔
수줍은 미소의 양면도 갖추었더라

어서 가을이 영글면
네 열정도 그만 사그라지고 말 테지
그렇게 가을로
엉킨 밑동 보기 싫게 흩어진
흔적 남기운 채……

계절은 깊어가고
약속도 없이 피었다 사라질
곱다운 우리 집 채송화는
아직 화사하다

인사동 연가

바람 부는 봄날
인사동에 용수염이 흩날린다
무엇이 신기한지
올망졸망 모여 있는 사람들
그 틈에 봄바람이 스친다

아직 스산한 봄기운으로
햇볕을 반 드리운 골목

걸음을 옮겨본다
그래도 무언가 찾아 나선 길

왁자하게 떠들어대는
용수염 공연은 계속되고
기다리는 그는 조금 늦는다고
메시지를 보내왔다

낯선 얼굴들과 마주치고 부대끼자

공연한 소외가 저만치 나를 밀쳐낸다
잠시……

봄의 향기가
바람을 타고 인사를 건네면
무료한 기다림의 시간도
인사동에선 다정한 풍요가 된다

능소화

빨간 능소화 꽃잎이
후드득
떨어졌다

어제까진
눈부시도록
환한 얼굴
슬픈 꽃비 되어
시들었다

바닥에 처연한 네 얼굴 네 신음은
지금 울고 있는
나의 심장
내 볼의 붉은 핏빛 눈물

복숭아 1

연일 내리치는 비
늦장마는 땡볕에 탐스레 익어가던
과실을 여지없이 내동댕이친다

투둑툭

무던히도 애쓴 농심은 아랑곳없이

투둑툭

뽀얀 살결이 빗물에 썩어 문드러진다
서늘해지는 가슴장
마음 한 토막 쓸어 젖혀 우는 아픔

누가 알랴
타들어 가는 청춘과원의 마음을

쓰디쓴 인내를 안고

다디단 열매로 꽃피운 수밀도가
빗물에 떨어진다

투둑툭

바라보는 내 마음도
화들짝 떨어져 내려앉는다

투둑툭

옥잠화

옥잠화가 곱게 피었다
곧 짙은 향 피어오를 게다

마음의 가을결
훅, 들이마시우고
고즈넉이 들여다보는
꽃밭

중추 삼매

지는 꽃 아쉬움 접우고
해지면 외로운 풀벌레 소리
가을을 웁니다

계절은 어스름 밤처럼 깊어
박꽃 같은 하얀 달은
휘영청

두 눈 그윽 감고
차오르는 달님을 품으면
둥둥 차고지는 야속함이여

그리움에 철모르는
청개구리도 중추를 흐느끼는
가을 애수

바다

모두를 품어 안은 넉넉한 바다
결결 쌓인 응어리
밀물로 다가와 썰물 되어
보듬어간다

내 어린 새침한 표정과
무언의 대답에도
너는 파도소리 정답게
다독여 주누나

금빛 모래
너른 백사장
늘 푸른 소나무 숲

계절을 떠나보낸
해변의 호젓한 가을 풍경은
지난날을 돌아보도록
고요한 정화를 건넨다

모르는 이 구별 없이
네 모든 보석의 금고를 쏟아 붓는
호탕하고 시원한 웃음소리
넓고도 광활한 너의 품성

바다라는 이름
아름다워라

제2부

다시 또 오월입니다

가을로

따사로운 햇살이 방긋
영글어 떨어진
도토리의 인사말

데그르르르

고까옷 입고 찾은 가을 길에
때때옷 입고 반기는
붉은 단풍나무의 향연

어느 날
두근두근 찾아 나선 나들이
반가운 내 이웃들의 모습엔
추수의 풍요가 있고

들녘 끝 낮게 날아오르는
해오라기의 날개 짓은
깊어가는 가을메시지

살살이꽃 한들한들
바람이 전하는 말

산에 올라
−남한산성에서

굽이 굽은 능선
오르고 오르면
붉게 달아오른
열기운의 젖은 땀

그 사이
시원한 바람으로
보답해주는
정상의 미덕

멀찍이 내려다보이는
광활한 도시의 경이로운 기운
겸허하라
일깨운다

아주 오랜 성벽
이끼 낀 틈 사이로
살갑게 고개 들어 올린

단출한 풀포기의 반겨 맞이하는
정겨운 고갯짓이 새롭고
그 길 따라 세월을 들어 올린
선현의 지혜와 굳은 의지가
아련히도 묵직하다

아직 이른 가을
반 물든 빛깔잔치
앉아 쉬는 등산객의 목줄기
또르르

흘러내리는 구슬땀에
미소는 고와라

가을비

더러는 굵은 방울로
더러는 가는 줄기로
계절을 재촉하며
풀어헤치는 몸짓은
정열의 리듬을 뿌리는 탱고

붉고 노랗게 타오르다
흐드러져 우는
가을 산에 비가 내렸다

한참을……

비 그치면
쇠락한 고혹의 만추

요선암[*]

좌초하다 좌초하다
암초에 발목 잡힌
묵직한 난파선처럼
물밀듯 어디서부터
연유한 들러리인가

고운님 맞이하려
고독의 바람으로
다듬은 세월
혹독의 시간

당신 맞이하는 나는
좌초된 난파선
난파된 파편들

당신 맞이하는 나는
기대어도 좋을
부드러운 실루엣

보드라운 몸짓

백지장처럼 하얀
온몸
길 지나다 마주치거든
반겨 맞이 하여주

*강원도 영월군 수주면 무릉리에 있는 화강암반으로 풍광이 빼어나 조선전기
 때 양사언이 평창 사또를 지낼 때 '신선이 노닐던 곳'이란 뜻으로 '요선암'이라
 는 글자를 새기었는데 거기서 이름이 유래하였다고 한다.

호룡곡산*

앙상한 겨울 산을 오르다
녹지 않은 잔설의 못 다한 미련이
초라한 겨울 산에 운치를 더하면
젖은 낙엽 훑어 오르고 내리는
발걸음은 아련한 무채색
그리움이 짙다

우렁찬 산 메아리
굽어 닫힌 마음을 쓰다듬고
흥건히 젖은 구슬땀은
정상의 수려한 풍광이
살포시 닦아 포옹한다

산 중 돌 개울
흐르는 물소리
시리지만 다가서는
차가운 이끌림은
거절할 수 없는

겨울 산 메아리

*인천 무의도에 있는 산으로 관광명소로 이름이 높다.

겨울연가

하얀 설원
종잡을 수 없이
펼쳐진 끝없는 하얀 바다

내리고 또 내려앉아
채색하지 않고 펼치는 판타지는
순수의 고뇌 초라한 몸부림아

아무도 밟지 않은
처녀 길을 홀로 걷는다

움푹움푹 각인되는
설원의 발자국은
아직 만나보지 못한

너를 위한 동경의 이정표
너를 위한 겨울의 동화

와우정사[*]

오밀 조촐한 길을 오르면
오백 나한상의 다양한 품위가
고즈넉 염불과 만나
겨울 산사의 피어오르는
하얀 연기와 하모니 짓다

[*]경기도 용인시 해곡동 연화산의 48개 봉우리가 마치 병풍처럼 둘러쳐진 곳에
위치한 사찰.

봄

어릿어릿
포스근* 햇살에
노곤한 오수는
옛날 옛적
너와 나의 풀빛 꿈속

겨우내 삭풍 물러나면
이제 온 살굿빛
봄 여림은
호젓한 그리움의
꽃 내음

*김소월의 시 〈님의 노래〉에서 인용함.

만남

돌올한 햇살의 삼월
깨이지 않던
봄의 눈꺼풀은 번뜩하고
찬란한 아침 인사를 나눈다

저마다의 봄결 눈빛
초록으로 열린 마음

노란 꽃잎의 악수에
왁자한 미소는
상냥한 격려의 언어

하루 또 하루 지나고
약속의 시간

무르익은 농염의 꽃 타래가
정다운 아치를 이루면

이제 곧
눈부신 꽃 비의 인사말

반가워요, 당신

프라하의 봄

바람이 기운다
바람이 기울자
첨탑으로 끝을 이룬
저 멀리 프라하의 경직된
마을 곳곳 봄이 왔다

그 언젠가 떠나 버렸던
그리움 조각들이 은비늘 되어
짙록의 강을 돌아 논다

저만이 넘실대던
위험한 물살의 이기가
미친 열정에 머리 풀어헤친
실타래처럼
고독을 엉켜 감는다

불 협에 토라진 등
따뜻이 어루만지니

정다워진 서로 되어
흐르는 블타바[*] 강에

봄볕이 휘돈다

변덕스런 시니컬 바람에도
더는 사월은 잔인하지 않다

*체코 프라하 도시의 한 가운데를 남쪽에서 북쪽으로 흐르는 강으로 영어로는
'몰다우-Moldau'라고 한다.

수선화

무엇이 수줍어
고개 숙였는가

이른 봄
시샘 겨운 바람 기울자
노랗게 활짝 피우고
그만 고개 떨구었다

초록 옷 입고 피어난
노란 꽃잎
곧고 가지런히 뻗은
도도한 허리춤에
꾸벅 숙인 네 얼굴

곧 떠나갈 시간,
시들기 전 한 번
보고 싶구나

고개 들어 보렴

화단 다소곳 피어난
군락의 수선화
봄의 전령아

다시 또 오월입니다

다시 또 오월입니다
미련한 시인의 밤
외곬은 오늘을 저무지* 못하고
고뇌하는 낱자들이 흐려옵니다

완급 하던 몹쓸 상념은
비가 내려 무거운
몸뚱이를 흠씬 두들기고는
오월의 열병 신열을 몰고

시름시름 들쑤시는 두통의 거리
밤안개가 치팽나무 냄새처럼
습하게 젖어오면

아직도 담담치 못하여
게워내는 슬픔이
는개비 되어 내립니다

*김소월의 시 〈님의 노래〉에서 인용함.

오월 그리움

흐느적 살랑살랑
아지랑이 기지개를 켜는
오월 문턱

복숭아꽃 분홍꽃
흐드러진
꽃그림 저편

창 너머 시리도록
파란 하늘이
물처럼 떠 흐르면

네모 프레임 창틀엔
다채로운 꽃물결
오월 그리움

유월 정원

정직한 손끝 닿고
펼쳐진 정원은
신록의 병풍

오랜 세월 묵은 능소화
청록 뿔 달고 휘감는 녹음
한 곁에 옥잠화 더불어
초록을 뽐내나

아버지의 노련한 구슬땀
헛되지 않음을

사방으로 우거진
과수 나목에
주렁주렁 열매 맺은
과실의 합창

바라보다 짐짓

가두어 놓았던
짙은 그리움은

초록으로 물결치는
유월 마치가 되어오네

완두콩

연둣빛 반달 껍데기
베일 속 연대의 꿈 키우다
알알이 탐스럽게 여물어
빽빽이 달린 콩대

어느덧 벌어져 터져 나오는
탱글탱글한 에너지들의 행진

일찍이 말라버린 노란 쭉정이는
한 곁에 차곡차곡 쌓인다
묵묵히 차례를 기다린다

무수한 벌레들이
제 몸 구석구석 휘젓고
갉아 먹어도
꺾이지 않고 싹틔우는
굳은 생명력의 인내

돌아올 계절
숨어 영그는
완두의 꿈

푸른 연둣빛
연대의 꿈

복숭아 2

신랄한 태양 빛에
둥글한 자태를 발하는 수밀도가
하얀 속살을 감추고
은밀히 날을 보낸다

때가 되면
질퍽이는 요염으로
두루뭉술 터져 나온
제 몸 뽐내는
선정적인 유혹

지나치지 못하고
불타는 한여름

이글대는 태양처럼
뜨거운 가슴 안은
뭇 사람들 애를 태운다

장마

차 창 밖으로
수직으로
내리꽂힌다

허구한 날
어수룩이 조마조마했던
내 심장의 담벽이
무너진다
허물어진다
오롯 끌어안고픈
내 연약을
흠씬 두들긴다

한여름 축축한 무력에
고독의 그림자 되어
며칠 거친 장마는 계속되었다

제3부

이팝나무 아래에서

백합

여섯 조각보를 펼 치운
애리애리 하얀 허세라도 좋아라
매끈한 얼굴과
길쭉한 수술

단장히 스치는 향기는
기고만장하여도

지나다
문득이 감탄하고 마는
하얀 백합의 고고함이여

낙화

삼복의 더위야
여름을 보내는
그대의 책무라 하여
젊음의 열기를
뜨겁다 탓하지 않았다

정열의 이타로 피워낸
붉은 꽃 쟁반은
지상에서 해를 그리다
열을 토하는
그리운 열병

그토록 짧은 시간
난발하여
녹아 스러지는

애틋하여라
낙화의 우수

달맞이 꽃

향기 짙은 주천 강
어스름 자시에
노란 달맞이꽃은
기다림 끝 달님을 품었어라

흐르는 칠흑의 강에
춤추는 여울
달의 세레나데

달빛 따라
흐르는 물소리
꿈결처럼
영원을 그리면

여린 청순
노란 꽃잎

적연히 어둔 밤에

노란 등 비추이는
달맞이꽃

참깨

처서가 지나도
식을 줄 모르는 염천에
숨을 할딱이며
여물은 참깨 대는

갈대처럼 제 몸을 누인다
막바지 뙤약볕에
온 몸을 맡긴다

참깨 알갱이 감추고
초록 갑옷을 두룬 위장술은
음흉하지만 예쁘다

열흘 남짓에
두드리는 토막 타작 소리
뭇매 맞고 얕게 신음하는
마른 참깨

세차게 두들겨 맞고서
우수수 토해내는
결코 가볍지 않은 반란

하얀 참깨의 미덕

가을 별꽃

화단 한우리 별빛 무리가
집 기둥을 타고 오른다

담벼락 전깃줄을 타고타고
무성한 초록 털북숭이가
천지를 타오른다

사이사이
빨간 별꽃
보라 별꽃
간격을 메우며 미소 짓는
한아한 얼굴

호젓함을 가로지르는
풍성한 화려가
계절을 입히고
허명 자욱한
곳곳의 먼지를 치운다

잘난 이름들에
단려한 자태로 보란 듯
무색게 한다

이 가을 별꽃 잔치가
화려하게 번져 오른다

부소담악[*]

암봉을 타오르는 가얏고
부소담악

마주하고 떠오른
찬 얼굴
스치며 애태우는
연주 가락에
아담아담 줄선 기암절리

구름 곁 새가 날고
물결은 잔잔히 진옥 빛으로
흐르며 흐르다
세월에 기대어 거문고가 되었네

하늘을 이고
사방을 열어 깨우는
고상한 전경은
풍악을 뜯는 줄 풍류로다

*충북 옥천군 군북면 추소리에 위치한 병풍바위로 우리나라에서 가장 아름다
운 하천, 호수, 계곡, 폭포 등 100곳 중 하나로 꼽힐 만큼 경치가 수려하다.

십일월의 사랑

해 질 녘 붉어지는
노을빛 그림과
다문다문 붉게
토해내는 단풍은
홍조에 고운 그대
얼굴처럼 고와라

십일월의 사랑아,

물어보자[*]
그대는 어디에서 왔는가

날 저물어 검은 비늘처럼
빛나는 호수에
그대 얼굴 떠오면
어둠을 보듬은 달되어
둥덩실 차오르는
사랑이여

십일월의 사랑아,

진눈깨비 마른 눈 되어
계절을 빨아들이면
날 저문 빈들에
그리움 두고

물어보자[*]
그대는 어디로 돌아가는가

*화담 서경덕의 시 〈유물음〉에서 인용함.

장터

서리 밭이다
꽁꽁 얼어붙은
겨울 시장 길에
차편은 늦어지고
추위를 견디는
쓸쓸한 고된 얼굴

뒤로 한껏 젖혀진 허리
앞으로 기역자한 꼬부랑 허리
안쓰럽게 벌어진 두 다리
뒷짐 진 굵은 손가락에
묵직한 짐은
삶처럼 애처롭다

겨울 장터에 주름이 기어 다닌다
용대기에 비 맞은
늘어선 노익장의 깊은 상처
나이가 무슨 훈장이라고

인생의 끝 가는 길은
흉터로 골이 깊다

삼삼오오 모여들다
주섬주섬 홀로 길을 간다
이제 세어질 대로 세어
아득한 고갯길이 멀지 않았다

어디서들 왔다가
어디로들 가는가

시골 겨울 장터에
멈추지 않는 하얀 눈이 내린다

봄 시선

현란한 햇살에
망각한 나이가
음률이 되어
봄의 아지랑이로
기지개를 켠다
나잇살을 잊고

마냥 청춘을 피워내는 봄이여
푸른 옷 입은 대지의 고뇌여

다시 또 잔인한 노래여

가지치기 하다가

봄 나무가 붉은 기운으로
싹을 틔운다

지난해 가지 치지 않은 잔가지
볼썽사납게 뻗어 올랐다

쳐 내리지 못한 과오가
애꿎은 나무의 심장을 때려
거친 맥박을 달리게 하더니
가는 혈관 줄기들이 뒤엉켜
붉은 나무숲을 이뤘다
낭패다

올 해 탐스런 과실을 볼 수 있을지

여태도록 과문한 나는
잔가지 전지를 하다가
문득의 일상을 깨닫는다

무심결 지나친 나태가
굵은 박동 소리치며
숨통을 조여 오는 것을 몰랐을까

그 외침
왜 못 들었을까

이팝나무 아래에서

내게 남은 오월은
아직 멀었지만
안타까운 시간을 앉아 곁에 둔다

멀리 억만년의 안데스 만년설이
협곡을 따라 아마존 강을 흐르며
날려 오는 향기처럼

아득히
내 곁에 머문다
항시 떠돈다
나를 돌아 돌아
떠간다

오월 꽃가루가
억겁의 얼굴로 스치운다
가녀린 향기로 목을 감는다

또 추억이 되었다

영원의 시간이
과거로 날리 운다

포도나무 1

조붓한 고랑 길에
어깨동무로
너희 덩굴을 이었다

가녀린 장대로 서서
전생의 어떤 죄는
십자가의 두 팔이 되어
애처로울까

봄날 허물 벗어
인고의 시간을 지나
알알이 탐스런 자태로
태어났거늘

막바지 여름날의
지친 구월 장마가
쏟아지며 네 몸 할퀴는
야속함이여

지리한 굵은 장대비가 싫어도
피할 수 없는 너의 삶

포도나무 2

몰랐지 한 철 매미
왕왕 우짖고 허물 벗어
나래 짓 하듯

고달픈 삶의 가치 넘고
다시 오는 계절에도
허물 벗어 고사리처럼
피어오르는 얼굴아

포도나무여

커다란 잎사귀
그늘 사이사이
흑요석처럼 검은
알 주렁주렁은

경이롭고 숙연한 모습
경건한 삶의 선물

봄노래

바람이 솔솔 노래해
포근 햇살 따라

아지랑이 춤을 춰
드높은 하늘로

열 지은 새들 지지배배

논두렁 밭두렁
옅은 새싹의 솟음이 푸르고
어디 이국의 다부진 말 포효는
흥겨운 봄날 예찬
이곳에 있어라

봄볕 익어가는
들녘 한편 서서
온종일 그들의 노래를 들어라

낮달 저물도록
까무룩 현실을 잊은 그대

오늘
봄을 노래하리

복숭아나무 아래에서

지난날의 화사한 기억이
가지가지마다
연분홍 봉오리로 맺혀
아버지를 그린다

얼마였을까
복숭아나무 아래서
아련한 한낮 오수

꽃망울의 그늘
정다운 운치가 되고
굵직이 튼실한 나뭇가지
생전 아버지 팔뚝처럼
든든하게 평온하다

아스라한 봄날
복숭아나무 아래에 서면

아버지의 구슬땀을 거름 받고 자란
뿌듯한 보람이
함께했던 진한 그리움을 다독여주나

그립고 그리웠던
아버지 얼굴을 본다

민들레

바람 따라 피었네
따뜻한 봄 녘에 홀로 핀
노오란 고독

임은 자취 없고
이름 없는 곁을 맴도나
홀씨 되어 어디라도
누비어라

양지바른 풀 곁
외로운 역마살 쉬어
다소곳 피었네

길 숲
지나는 나그네
호젓한 그리움
서로 달래나

사연 애달픈
민들레여

강진 백련사

동백 숲 백련사 가는 길

다산 선생의 발자국을 따라
조붓한 오솔길에
마음을 우는 사월 빗소리

봄비 속에
동백나무 붉게
떨어져 지천에
또 마음에
붉은 가슴앓이
피고 지누나

다조에 앉아
다산을 그리며
향 깊은 구절초
꽃차를 마시니

진정 지혜로
사랑을 품은
여인을 본다

제4부

잃었던 노래를 다시 찾다

사루비아Salvia

늦은 봄
가녀린 핏빛 봉오리

톡 터지며 내뿜는 향기는
빨갛게 토해내는 절규

꽃말처럼

여름 한 철
뜨겁게 불사르다 가려는지
그 모습 처연한

사루비아

무진으로 여행

궂은 바람이 분다
이른 초록의 풀이 휘어엉 눕는다
찬란한 사월에

먼저 남도에선 붉은 심장의 지뢰가 폭발했다
꽃줄기 이제 겨우 반겼는데
빛나는 환희의 폭풍과 같이 펄럭일 듯
기대만 주고서는 황혼과 같이 멀어진다

머무르지 않는 끝없는 공전 속에
청각이 문득 외부로 향한다

지나친 소음에 비껴
물 많은 강물
포플러가 한창인 가로수
관념 속에서 그리는
어느 아늑한 장소일까……

고독을 품은 차림새로
두드린다

풀이 누운 자리
바람 불어 한 줄 세운 엉터리 배려에도
이 때 쯤
시작되는 무진으로의 여행

아련한 그곳 물속의 섬으로
깊은 잠수를 꿈꾼다

영산홍

여린 잎으로 물오른
영산홍 꽃밭이
인정스레 웃는다

지천에 깔렸다 무시 말라
곱단한 단장

누군가 애달픈 사모를 하는지
붉게 물들은 작은 볼
살포시 젖은 부끄러움
고운 봄 길 위에 가득하다

쑹화 강

일찍이 그곳엔 너와 내가 없었다
이국 어느 쑹화 강을 뒤덮은
90센티 어름 무덤만 있었지

어름의 축제가 시작되고
형형색색 불이 켜진다

시나브로 매만져진 차가운
어름곡선 사이로 알 듯 모를 듯
눈빛을 주고받는다

혹독한 겨울 한 철
그렇게 잔치는 시작과
함께 끝이 났다

닫혀 지낸 마음
어름을 이루고 이루다
봄을 맞는다

그런데 정답던 제비들은
보이지 않는다

병풍처럼 늘어선
마음의 벽 걷히면
모를 곳에 숨어 지낸 제비는
다시 돌아와 줄까
그곳에 너와 나
강물 되어 다시 흐를까

이제 3월
그 많던 강가의 거대한
어름 조각들은 어디로 갔지
살얼음처럼 위태위태 애태우다
녹아 강물 되었나

*중국 하얼빈 쑹화 강 얼음 축제에서.

참새

전깃줄 위 통실한
가슴팍하고
똘똘한 예쁜 머리
조아리며
재잘대는 귀한 참새를 봅니다

만물 소생한다고
저희들도 알을 품으려
서두르는 바쁜 들락거림

서로를 불러 신호하는
귀여운 소리
작은 새

사랑스럽고 거룩한
몸짓을 봅니다

복사꽃

달도 없는 까만 밤
잎도 없는 나무에
분홍 꽃
칠흑을 밝힌다

어두운 마음에
등이 되어

소리 없이 다가오는 고백
모르고 지나친 여러 날
봄밤의 초대

사월 어느 밤
복사꽃 활짝이
다정한 얼굴로
손짓하는
화사한 연정

슬픔의 밤

수백 개의 조명탄이
어둠에 타오를 때
대답 없는 밤바다는
철썩이는 메아리로 똬리를 튼다
점점 옥죈다

철썩 철썩

가여운 우리 아들딸을 낚아챈
잔혹의 소리
속수무책 부모 가슴 할퀴는
비정의 소리

무심히 찾아오는 어둠아
데려가려거든 목메는
이 슬픔이나 데려가지

아직 피워내지 못한
사월 꽃봉오리
꽃다운 우리네 봄을 앗아갔네

보고 싶어도
불러 보아도
대답 않는 야속한 어둠의 바다여
망망대해 떠도는 슬픔의 밤이여

아프다
사무치게
아프다

어디 있니 내 딸아
어디 있니 나의 아들아

깊은 밤이 두렵다
네가 보이지 않는 검은 장막을
어서 걷어다오

*세월호 선박사고로 숨져간 안산 단원 고등학교 희생자를 위한 추모시.
 (2014. 4. 16)

그리운 아버지

고운 달빛 향 머금고
낮은 돌담 뜰 안
매화 미소 그윽하니
복받치는 그리움

아, 아버지

등 휘도록 다닥다닥 붙어 앉은
삶의 무게 질곡의 연속도
삭히고 삭히며 걸어온
가없은 일생

뜨거운 불덩이 안고 어제를
살다간 설움의 하소연은
더는 못 이룰
그리움으로 남았습니다

앞뜰 뒤 뜰

가득하던 당신의 모습을
지천의 풀잎이
아버지 얼굴로 피어납니다

못 다한 그리운 노래는
아침을 웃는 햇살도
저녁을 수놓는 노을도
어둔 밤 비추이는 달빛도
당신을 그려냅니다

마늘밭에서

여름이 바람처럼 다가온다
마늘밭 사이사이로

햇살이 여물어 달콤한 한낮에
쏙 하고 소리 내지르며
빼꼼 빠지는 단말마적
그 경쾌한 운율을 들어 보았는가

청초한 마늘 포기포기
가녀려도 모도리한
깊이 뿌리박은
그들의 어울림

틈틈이 뻗어 오른 잎새여
너의 싱그러움
난초에 비하려나

해 질 녘 오월의 바람과

늦은 해를 타오르는 노을에
초록의 마늘 향으로 떠오는
풋풋한 설렘

마늘밭의 풋내 나는 속삭임
그 정담을 들어 보았는가

축구를 보다가

다툼으로 토라진 기분도
소원해진 사이로의 소침도
모진 세상을 향했던 절박의 야속도
우리들 반목과 시기의 지난날도

골문이 열려 골인이 되는 순간
어우르는 함성의 열림은
어제의 불행을 뛰어넘어

표정도
마음도
모두 다 한 모양
모두 다 똑같다

순간의 모두는 감격의 하나가 된다
그 날 그 시간만큼은
절대 한마음이다

작약꽃

바람을 기대다 일찍
피워 지고 만 작약꽃
말라 틀어진 대공의 허기진 배는
안쓰럽게 꺾이어
폭염의 한낮을 견딘다

계절을 보낸 들뜬 기다림에
짧은 여름 사이 무르녹던
아쉬운 열화가
뚝 뚝 떨어지고 만다

다시 바람이 분다
생떼 없는 몸짓 속에 속절없는
세대의 진리를 새기고
떨어내 버린 여린 잎새의 꽃밭에

이제 바람은 불어
가야 할 때를 알리는
진혼곡이 되는가

옥수수

그리움의 눈물이 축축이 젖은
창문을 열면
질긴 장마를 견디는 옥수숫대가
파리한 잎을 키우며 성깃성깃
흐느적댄다

어떤 날은 내 슬픔을 체벌하며
다독이고는 안아 달란다

흐느적흐느적
비를 맞으며
온몸으로 운다

한여름 눅눅한 이불처럼
무겁고 개운치 않은 내 마음도
옥수숫대 함께 장맛비 되어
여름을 운다

잃었던 노래를
다시 찾다

아주 오랜만에 TV를 켰다
즐겨보지 않았던 드라마에
내 잊고 지낸 노래하나
가슴에 파고든다

세월이 깊을수록 무뎌진 감정은
내 노래마저 먼지를 씌웠다

어느 날 밭은기침 하듯
낯선 읊조림

Donde Voy   Donde Voy

금방이라도 눈물이 쏟아질 듯
오래된 멜로디는 공명되어
추억으로 돌아간다

주인공이 울고 있다

Donde Voy Donde Voy

나도 추억 따라 울고 있었다

유월 동해바다

동해의 푸른 포말은
청 심장을 두드린 쪽빛 바다

그대들과 함께하는 여정에
흐드러진 6월의 장미는
뭍에서 붉게 물드네

두근두근 설렘 안고
7번 국도를 돌아가는
어릿어릿 선망의 검은 눈동자
서로를 향한
정다운 오선지를 그리네

탁 트인 바다의 교향곡은
멈추지 않는
도돌이표
높은음자리
낮은음자리

곡선을 달리며 연주하네

넘실대는 파도소리는
영롱한 음률 되어 춤을 추고
늦은 6월 동해는
변함없이 노래하네

바다의 낭만을
꿈꾸는 젊음을

그리움

쏟아지는 비보며 생각해

떨어지는 낙수에 어우르는
얼굴 하나

동심원 사이로
그곳에
당신이 있었네……

너에게 가고 싶어

작은 깃털 되어
가고 싶어

그렇게 가벼운 몸짓으로
너에게

불어오는 미풍에
나를 맡겨
살랑 살랑 살랑 간질이듯
사랑스러운 몸짓으로
너에게

너에게,
가고 싶어

가을농심

붉은 고추 해바른 볕에
고슬고슬 마른 자태하고
풍성하고 부드러운
살결 바람은
육십 촌부의 마음을 넉넉히 졸리우다

앞니 빠진 늙은 경운기는
제힘을 다하고도
의리의 세월을
놓지 않고 더하려니
촌부자는 일부자라

가으내 거둘 양식
곳간에 쌓이면

살찌운 가을 햇살에
낡은 밀짚모자 속
검게 그을어 수고한 얼굴
촌부의 미소는 풍년이라네

길

이른 아침의 머언 달구리 소리
고요를 깨우면
지난 시간 매 맞듯 한밤을 괴롭힌
사로잠을 거두고 나선다

누구의 인생인들
마냥 행복한 시절의 연속일까
내 지나온 길
청춘을 가로지른
가시덩굴이었음을

아프지 않은 젊음은
그늘 없는 반쪽 양지
그들의 공존 없는 숲이 있을까

지렛대에 의지 않는
삶의 꿋꿋함 속에
음지의 길도

양지의 길도
오롯 손잡고 가야할
나의 길임을

인생을 순례하듯
마음 열면
그 길에 오밀조밀
못난이 박석들
모난 카펫을 펼치었어도
지나온 발끝 연륜은
다시 안전한 나의 길로 인도한다

파리

뜨거운 삼복에
비글비글 매미 소리
창가에 부딪히며 더위를 울면

짜증 겨운 날갯짓으로
이~잉 날아올라
너는 어찌하여
나에게 와 그토록 짧은 목숨
내어 놓고 뒹굴어지는가

에~엥 외쳐 짖다
냅다 쳐 내린 파리 체에
숨을 거둔 똥파리

무더운 여름 날
온갖 제 세상인 듯
저리 날뛰다
미운털 파리 목숨

허망이 사라지나

동시대를 살아가는 너와 나
귀하지 않은 목숨 어디 있겠느냐마는
한 끝 파리 목숨,
내 오늘 너의 더럽고 추한
일생의 무익에라도
경건한 묵상을 한다

빨래를 널고

한낮 반짝이며
고슬고슬 고운 미풍에
하얀 빨래가
너울너울 춤을 추면,

상큼한 빨래 비누 향기가
후텁지근한 여름을
개운하게 식혀온다

꿉꿉히 젖어 흐렸던
내 마음엔
박하 향이 그윽하다

시적 간결성 그러나 깊고 큰 울림의 시편들

김옥림
(시인 · 작가)

시적 간결성 그러나 깊고 큰 울림의 시편들

시인·작가 | 김옥림

1.

고대 그리스 철학자인 아리스토텔레스는 시를 정의하기를 "시는 율어律語에 의한 모방이다."라고 했으며, 영국의 수필가 윌리엄 해즐럿은 "시는 강한 감성의 자연적 발로다."라고 했다. 또 독일의 시인 라이너 마리아 릴케는 "시는 체험이다."라고 했으며, 미국의 시인 애드거 앨런 포우는 "시는 미美의 운율적 창조"라고 말했다. 그리고 독일의 철학자 하이데거는 "시는 언어의 건축물이다"라고 했으며, 영국의 시인 셸리는 "시는 가장 행복한 심성 최고 열락의 순간을 표현한 기록이다."라고 했다. 이들이 말한 시의 정의는 시의 한 단면을 단지 자신의 관점에서 이야기한 것에 불과하다.

시를 한마디로 정의 한다는 것은 불가능하다. 그것은 시는 인간이 살아가면서 겪게 되는 기쁨과 분노와 슬픔과 즐거움 등 인간의 다양한 감정을 표현하는 양식이기 때문이다. 그래서 시를 한마디로 정의 한다는 것은 시가 지니는 다양성을 잘 모르는 것과 같다고 하겠다. 그만큼 시는 인간의 삶 속에 깊이 밀착되어왔다. 먼 옛날 원시시대에 사냥할 때 소리를 내어 사냥감을 쫓는다거나 농사를 지으며 불렀던 노래 또한 인간의 정서를 그대로 드러낸 문자화 되지 않은 시라고 말할 수 있다.

즉 시는 인간이 살아가면서 보고, 듣고, 느끼고, 경험하고, 생각한 것을 자신의 관점에서 표현하는 양식이다. 그래서 시를 어떤 일정한 형식에 얽매이게 한다는 것은 시가 갖는 다양성을 제한하는 우를 범하는 일이다. 따라서 시는 자신의 상상력을 그 어느 것에도 구속당하지 않고 자신이 쓰고 싶은 대로 쓸 수 있을 때 시적 성과를 최대치로 끌어올리게 됨으로써 독자들에게 공감을 줌은 물론 시인 자신도 시적 성취감을 맛볼 수 있다.

하지만 그렇다고 해서 다 시가 되는 것은 아니다. 시의 주제가 분명하게 드러나야 하고, 시적 표현에 있어 저급하거나 뒤떨어져서는 안 된다. 시로써 일정한 수준을 획득해야 한다. 그랬을 때 한 편의 시로써 가치성을 지니는 것이다.

2.

시poetry의 어원은 '만든다'라는 의미의 고대희랍어poiein에서 유래했다. 따라서 시인poet을 가리켜 제작자maker라고 한다. 즉 시인은 '시를 만드는 사람'이라는 뜻이다. 시인은 자신이 보고, 듣고, 느끼고, 경험한 것을 자신의 관점에서 상상력을 통해 시를 만들기(짓기) 때문에 '시의 제작자'라고 할 수 있는 것이다.

여기서 유능한 시의 제작자가 되느냐, 그렇지 않느냐는 시를 어떻게 쓰느냐에 따라 달려 있다. 이는 마치 건축가가 어떻게 설계를 하고 건물을 짓느냐에 따라 건축물이 평가되는 것과 같다고 하겠다. 좋은 시의 제작자가 되기 위해서는 뛰어난 언어 감각과 상상력을 지녀야 하고 자신이 보고, 듣고, 느끼고, 경험하고 생각한 것들을 누구나 알기 쉬운 언어로 시적 의미를 표현해 내야 한다.

그런데 시의 멋을 부리기 위해 시적 기교를 과장되게 부리거나, 자신만이 아는 난해한 표현이거나, 자신의 주관적 관점에 빠져 객관성을 잃게 되면 독자들의 공감대를 형성하는 데 문제가 된다. 오늘날 시의 독자들이 시에서 멀어진 원인은 인터넷의 발달에 따른 다양한 정보 수집과 영화, 뮤지컬, 연극, 노래 등의 발달에 따른 다양한 문화를 접할 수 있는 기회가 늘어남에 따라 읽는 문화에서 보고 즐기는 문화로 문화의 중심축이 이동했기 때문이다.

그러나 가장 근본적인 원인은 독자들이 외면하는 시를 생산해내는 시인들에게 있다. 즉 앞에서 말했듯이 말도 안 되는 자신만이 아는 난해한 시를 써대고 실험 시니, 해체 시니 뭐다 해서 그럴듯한 구실을 붙여 천편일률적으로 써대는 시로 인한 폐

해에 따른 것이다. 삶의 패턴이 나날이 다양화되는 복잡 미묘한 현대사회에서 가뜩이나 골치가 아픈데 말도 안 되는 난해한 시 따위를 읽으라고 하니 누구든 그런 시집은 거들떠도 안 보는 것은 당연한 일이다. 이는 독자들에 대한 예의가 아니다. 시의 독자들을 생각한다면 그렇게는 해서는 안 된다.

또한 끼리끼리 어울리는 썩어빠진 패거리 시인들이 있는 한 시의 회복은 불가능하다. 예전의 한국시의 르네상스는 아니더라도 최소한의 시가 생명성을 유지하여 이어갈 수 있도록 해야 한다. 시가 죽은 사회는 사람들의 정서 또한 메말라 서로를 불신하고, 자기만 아는 극단적 이기주의로 빠지게 된다. 이 또한 시가 제 역할을 다 할 때만이 회복이 가능하다. 시의 위기는 독자들을 무시하고 외면하는 시만 써댄 시인들과 그런 시를 마치 시의 정형定型처럼 두둔한 일부 몰지각한 평론가들에 있음은 물론 그런 시를 좋은 시라고 치켜세운 일부 그릇된 언론사 문화부 기자들에게도 그 책임이 있다고 하겠다.

다시 말하지만 독자들이 읽지 않는 시는 시가 아니다. 그런 시는 시의 쓰레기에 불과하다. 그런 시는 용도 폐기되어야한다. 노력하면 누구나 읽을 수 있는 쉬운 시를 쓸 수 있다. 단 저급하지 않아야하고, 일정한 수준을 이루는 시가 되어야한다. 사실 이런 시를 쓰는 것이 더 어렵다. 자칫하면 가벼운 시로 비칠 수 있기 때문이다. 이를 뛰어넘는 시를 쓰려니 어려운 것은 당연하다. 그러나 시를 쓰는 시인들은 이를 감수해야한다. 그것이 곧

시의 독자들을 위한 시인의 책무이기 때문이다.

3.

이번 시집《이팝나무 아래에서》를 쓴 고유진은 올곧은 성품으로 사회의 약자들을 위하는 마음과 사회 부조리에 대한 비판의식이 강하다. 그러나 그 반면에 남들이 흔히 지나치는 작고, 여리고, 하찮은 것들에 대한 애착이 크다. 이런 마음은 그녀 자신이 그런 마음을 지니지 않으면 절대 보일 수 없는 품성이다. 그녀는 휴머니즘이 강한 휴머니스트라고 생각한다. 그녀는 이런 자신의 품성을 마음으로만 새기지 않고, 시민운동을 통해 적극 실행에 옮기고 있다. 그리고 그녀는 아주 섬세한 고운 심성을 가졌다. 그것이 어떨 땐 지나치리만큼 강해 한 포기의 풀, 한 송이의 꽃, 개미, 참새, 심지어는 파리와 같은 해충에 이르기까지 자신의 고운 심성을 그대로 드러낸다. 심성이 맑은 시냇물 같아 작은 것 하나에도 눈을 떼지 못한다. 이런 품성은 시를 쓰는 시인에게는 보석과도 같다. 그런 마음은 억지로 생기거나 꾸민다고 해서 되는 것이 아니라 타고나야 한다. 그런 관점에서 그녀는 좋은 시를 쓸 수 있는 '마음의 보석'을 품고 있는 준비된 시인이라고 하겠다.

고유진은 어렸을 때부터 책 읽기를 무척이나 좋아했다. 서머싯 모음의《달과 6펜스》를 비롯한 책 읽기를 즐겼으며, 그래서

일까 어렸을 때부터 같은 또래들보다도 생각이 깊었다. 그리고 그녀가 여고생 때는 자율학습시간에 독일 출신 미국 심리학자인 에릭 프롬의 《사랑의 기술》,《소유냐 존재냐》를 읽는 등 소설, 사회과학 등 그 또래의 여학생들은 물론 성인들도 보지 않는 독서를 즐기며 자아를 성찰하는 시간을 보냈다. 그래서일까 그녀는 문학, 역사, 사회학 등에 대한 식견이 매우 높다. 그녀의 이런 폭넓은 지식은 시와 에세이를 쓰는 데 큰 도움이 되고 있음을 알 수 있다.

학창시절부터 그녀에겐 시인의 꿈이 있었다. 그녀는 한국적인 정서와 한을 가장 잘 보여준 한국 시문학사의 으뜸인 김소월의 시를 즐겨 읽으며 시적 감수성을 키워왔던 것이다. 그녀는 많은 시를 읽었고, 그것은 그녀가 시인의 꿈을 이루는데 결정적인 작용을 하였다. 그리고 마침내 그녀는 자신의 꿈인 첫 시집을 펴내는 결실에 이른 것이다.

이런 관점에서 그녀의 시집 《이팝나무 아래에서》에 대해 몇 가지 살펴보는 것도 큰 의미가 될 것이다. 이 시집을 다섯 가지 관점에서 살펴보기로 하겠다.

첫째는 작고, 여리고, 하찮은 것들에 대한 애착을 볼 수 있다. 작은 생명들에 대한 그녀의 고운 품성을 열 볼 수 있는 시로는 〈개미〉. 〈채송화〉, 〈능소화〉, 〈복숭아 1〉, 〈포도나무 1〉, 〈참새〉, 〈파리〉 등이 있다.

먼 옛날
어떤 죄를 지었기에
너만 그리 바쁜 거니

애처로운 잘록한 허리로
보도블록 틈 사이를
쉴 새 없이 오가는 너를 본다

뉘를 위한 일생을
이름 없는 수고로 마감하는가

묵묵히 먹잇감 나르다
자신은 돌아보지도 못하고
가는 너의 경건한 삶은
어디서 박수를 받을까

　　　　　　　　　-〈개미〉 전문

시 〈개미〉는 쉬지 않고 하루 종일 바쁘게 오가는 개미들에 대
한 고유진의 애정 어린 마음이 잘 나타나 있다. 부지런한 곤충
의 대명사인 개미, 그 개미의 잘록한 허리가 안쓰럽고, 그것은

먼 옛날의 지은 죄로 인한 업보로 상상하기에 이른다. 생각의 발상이 신선하다. 이는 작고 여린 것에 대한 애정과 관심이 없으면 절대 보일 수 없다.

빨간 능소화 꽃잎이
후드득
떨어졌다

어제까진
눈부시도록
환한 얼굴
슬픈 꽃비 되어
시들었다

바닥에 처연한 네 얼굴 네 신음은
지금 울고 있는
나의 심장
내 볼의 붉은 핏빛 눈물이다

─〈능소화〉 전문

능소화를 직접 본 적은 없지만 사진으로만 봤는데도 그 붉디 붉은 강렬함은 마치 눈으로 직접 본 것처럼 마음속 깊이 투영되었다. 그만큼 능소화의 붉음은 사람의 심장을 닮았다. 그런데 그처럼 강렬한 능소화가 땅에 떨어져 시들었다. 그것을 애처롭게 바라보는 그녀의 눈이 참 곱고 맑다. 이는 소소하고 보잘것 없는 것들에 대한 그녀의 애착이 그만큼 강하다는 것을 알 수 있다. 이처럼 그녀는 따뜻하고 고운 품성을 지녔다.

둘째는 사회에 대한 바른 인식과 올곧은 자아에 대한 관점이다. 고유진은 올곧은 성품으로 남에게 기대거나 도움을 바라지 않는다. 때론 지나친 깔끔함에 스스로가 피로할 때도 종종 있다. 그러나 그럼에도 그녀는 자신의 생각을 꺾지 않는다. 이런 그녀의 성품은 시 〈길〉에 잘 나타나 있다.

이른 아침의 머언 달구리 소리
고요를 깨우면
지난 시간 매 맞듯 한밤을 괴롭힌
사로잠을 거두고 나선다

누구의 인생인들
마냥 행복한 시절의 연속일까
내 지나온 길
청춘을 가로지른

가시덩굴이었음을

아프지 않은 젊음은
그늘 없는 반쪽 양지
그들의 공존 없는 숲이 있을까

지렛대에 의지 않는
삶의 꿋꿋함 속에
음지의 길도
양지의 길도
오롯 손잡고 가야할
나의 길임을

인생을 순례하듯
마음 열면
그 길에 오밀조밀
못난이 박석들
모난 카펫을 펼치었어도
지나온 발끝 연륜은
다시 안전한 나의 길로 인도한다

　　　　　　　　　-〈길〉 전문

고유진은 사회적인 아픔에 관심을 기울이고 국민이 화합하고 함께하는 공동체 삶에 대한 이상을 갖고 있다. 이런 그녀의 마음을 엿볼 수 있는 시가 〈축구를 보다가〉와 〈슬픔의 밤〉이다. 〈축구를 보다가〉는 2014년 브라질 월드컵을 보다 서로가 불편했던 마음의 사람들도 골인이 되는 순간 하나의 함성, 한마음이 되는 순간을 표현한 시로 국민의 화합을 바라는 그녀의 마음을 잘 알게 한다. 〈슬픔의 밤〉은 인간성을 상실한 탐욕의 인간들로 인해 체 피지도 못한 채 스러져간 안산 단원고 어린 영혼들의 아픔을 비통함과 슬픔의 눈으로 바라보고 있다. 그녀는 내 자신의 슬픔을 거둬가지 왜 어린 영혼들을 앗아갔느냐며 마음 아파한다. 그녀는 이처럼 사회적 관심이 깊고 크다.

셋째는 아버지에 대한 그리움이다. 고유진의 아버지는 강직하고 청렴결백했으며, 원칙을 중요시하면서도 타인과 이웃에 대한 배려가 각별해 많은 사람들로부터 찬사를 받았다. 그랬던 아버지였기에 그녀의 아버지에 대한 그리움이 매우 깊고 크다. 그녀의 시에는 아버지에 대한 그리움이 잘 나타나 있다. 아버지에 대한 그리움의 시로는 〈유월 정원〉, 〈복숭아나무 아래에서〉, 〈그리운 아버지〉가 있다.

정직한 손끝 닿고
펼쳐진 정원은

신록의 병풍

오랜 세월 묵은 능소화
청록 뿔 달고 휘감는 녹음
한 곁에 옥잠화 더불어
초록을 뽐내나

아버지의 노련한 구슬땀
헛되지 않음을

사방으로 우거진
과수 나목에
주렁주렁 열매 맺은
과실의 합창

바라보다 짐짓
가두어 놓았던
짙은 그리움은

초록으로 물결치는
유월 마치가 되어오네

—〈유월 정원〉 전문

시 〈유월 정원〉에는 아버지에 대한 흔적이 곱게 서려 있음을
볼 수 있다. 그녀의 아버지 정성이 빚어낸 푸른 과수 나목에는
토실토실한 과수 들이 주렁주렁 매달려 그것을 바라보는 그녀에
게 짙은 그리움을 불러일으키고, 그 그리움은 초록으로 물결치
는 유월의 행진곡이 된다. 그리고 〈복숭아나무 아래에서〉, 〈그
리운 아버지〉 등의 시들 역시 그녀의 아버지에 대한 애틋한 그
리움을 잘 보여준다. 이렇듯 아버지에 대한 그리움은 늘 그녀의
마음을 애잔하게 한다.

넷째는 자아를 찾기 위한 고뇌와 성찰이다. 고유진은 생각이
깊고 의기意氣로 가득 차 있다. 그것은 그녀에게 인간 누구나 지
니는 보편적 자아를 넘어 자기만의 자아를 찾기 위한 부단한 노
력으로 이어진다. 또한 그것은 이루지 못한 꿈에 대한 열망으로
나타난다. 이에 대한 시로는 〈불면의 밤〉, 〈꿈이었을까〉, 〈내
심장이 멈추다〉, 〈잃었던 노래를 다시 찾다〉 등이 있다.

너를 잃은 슬픔의 밤
오 어둠의 장막은 남아있던 사위까지
모두 먹어 잠재우고 말았다
숨죽인 침묵이 흐느껴 운다

나는 늘 네 관심의

제외선 밖에서
하릴없이 기웃대던 이방인

지친 기억들이
구석구석을 할퀴면
또다시
시작되는 불면의 밤
흠뻑 칠흑의 어둠이 합세한 나락
그 끝 간 곳으로 빠져든다

눈을 감아도
어쩌지 못하는
잠들지 못하는 고요
잠들지 않는 슬픔

너를 잃은 밤이 그러하였다

                              -〈불면의 밤〉 전문

　시 〈불면의 밤〉에는 자아 즉 꿈을 이루지 못한 것에 대한 슬픔
이 나타나 있다. 그녀는 이를 '너를 잃고'라고 말한다. '너' 즉 자아
를 이루지 못한 것에 대한 슬픔이 짙게 배어 있으며, 그녀는 자신

을 하릴없이 기웃대던 이방인이라고 말한다. 불면의 밤은 그녀를 떠나지 않고, 그녀에게 달라붙어 떨어질 줄 모른다. 이와 같은 흐름의 시로는 〈꿈이었을까〉, 〈내 심장이 멈추다〉가 있다. 그러던 어느 날 그녀는 잃었던 노래를 다시 찾게 되고, 그것은 그녀에게 자아실현에 대한 생각을 부추긴다. 시 〈잃었던 노래를 다시 찾다〉가 바로 그것이다.

아주 오랜만에 TV를 켰다
즐겨보지 않았던 드라마에
내 잊고 지낸 노래하나
가슴에 파고든다

세월이 깊을수록 무뎌진 감정은
내 노래마저 먼지를 씌웠다

어느 날 밭은기침 하듯
낯선 읊조림

Donde Voy Donde Voy

금방이라도 눈물이 쏟아질 듯
오래된 멜로디는 공명되어

추억으로 돌아간다

주인공이 울고 있다

Donde Voy Donde Voy

나도 추억 따라 울고 있었다

　　　　　　　　-〈잃었던 노래를 다시 찾다〉 전문

이 시는 텔레비전을 보다 그동안 잊고 지냈던 노래를 듣게 됨으로써 무뎌진 감정에 날을 세우는 계기가 된다. 고유진은 이 노래를 따라 부르며 지난 날에 대한 추억 즉 이루지 못한 자아를 마음 깊숙이에서 끄집어낸다. 그녀는 이런 과정을 거쳐 지금의 자신을 돌아보고 오랜 꿈이었던 시 쓰기를 지속적으로 해 오고 있다.

다섯 번째는 일상적인 삶과 사물에서의 깨달음이 그것이다. 고유진은 일상생활에서 놓치기 쉬운 것들을 포착하는 눈이 예리하다. 시를 쓰는 눈은 매의 눈처럼 예리해야 한다. 그래야 보통 사람들이 보지 못하는 것들을 발견해 냄으로써 자기만의 생각을 걸러낸다. 그리고 그것을 새로운 시각으로 나타냄으로써 시적

성과를 획득하게 된다. 그리고 그 시를 읽는 독자들은 미처 발견하지 못한 것들에 대해 알게 됨으로써 자신의 삶을 보다 잘 살아가기 위해 노력을 기울인다. 이에 대한 시로는 〈포도나무 2〉, 〈봄노래〉, 〈완두콩〉, 〈달맞이 꽃〉, 〈참깨〉, 〈가을 별곡〉, 〈십일월의 사랑〉, 〈장터〉, 〈가지치기를 하다가〉 등이 있다.

몰랐지 한 철 매미
왕왕 우짖고 허물 벗어
나래 짓 하듯

고달픈 삶의 가치 넘고
다시 오는 계절에도
허물 벗어 고사리처럼
피어오르는 얼굴아

포도나무여

커다란 잎사귀
그늘 사이사이
흑요석처럼 검은
알 주렁주렁은

경이롭고 숙연한 모습
경건한 삶의 선물

    -〈포도나무 2〉 전문

〈포도나무 2〉는 포도나무가 비바람을 맞으며 알알이 여문 포
도송이를 내어 놓는 것을 통해 생명성의 경이를 깨닫고 숙연해
하며 그것을 경건한 삶의 선물로 받아들인다. 보통 사람들은 포
도를 맛있게 먹을 뿐 포도나무를 경건한 삶으로 포착해 내지 못
한다. 그런데 고유진은 흑요석처럼 검은 포도 알을 단순한 포도
로 보지 않고 경건한 삶의 선물로 포착해 낸다. 이것이 바로 시
인의 눈인 것이다. 시인의 눈은 때론 부드럽고 때론 날카롭게
번뜩인다. 그래야 남들이 보지 못하는 것을 발견하고 그것을 통
해 깨달음을 얻어 좋은 시를 빚어내는 것이다.

해 질 녘 붉어지는
노을빛 그림과
다문다문 붉게
토해내는 단풍은
홍조에 고운 그대
얼굴처럼 고와라

십일월의 사랑아,

물어보자
그대는 어디에서 왔는가

날 저물어 검은 비늘처럼
빛나는 호수에
그대 얼굴 떠오면
어둠을 보듬은 달되어
둥덩실 차오르는
사랑이여

십일월의 사랑아,

진눈깨비 마른 눈 되어
계절을 빨아들이면
날 저문 빈들에
그리움 두고

물어보자
그대는 어디로 돌아가는가

-〈십일월의 사랑〉 전문

〈십일월의 사랑〉은 해 질 녘 붉게 번지며 하늘을 수놓은 노을과 단풍의 붉음을 통해 삶에 대한 성찰로서의 '사랑'을 발견한다. 그리고 말한다. 그대는 어디에서 와서 어디로 가느냐고. 그녀는 이의 깨달음을 조선 초기 송도삼절 중 하나인 화담 서경덕의 '유물음'을 인용하여 말한다. 서경덕은 높은 인격과 지식을 갖추었지만 현실정치에서 벗어나 새야학사로서 처사의 삶을 지향한다. 그는 조선 양반가들 누구나 한 번쯤 탐내 하던 황진이의 청을 물리친 흔들리지 않는 고결한 성품을 갖춘 이로 이름이 드높다.

고유진은 그런 서경덕의 '유물음'을 자연의 순환에 빗대어 표현할 만큼 예리한 시적 품성을 지녔다. 이렇듯 그녀는 일상적인 삶과 사물을 통해 소재를 발견해 내는 눈이 참 좋다.

4.

고유진은 첫 시집 《이팝나무 아래에서》를 통해 그동안 갈고 닦아왔던 시편들을 조심스럽게 그러나 움츠러들지 않고 자신의 참모습을 보여주고 있다. 앞에서도 잠깐 언급했지만 그녀는 시를 쓸 수 있는 좋은 자질을 갖추었다. 첫째, 시적 소재를 발견하는 눈이 참 좋다. 그녀는 지나치기 쉬운 작고, 여리고, 보잘것없는 하찮은 것들에게도 따뜻한 눈길을 건넨다. 그리고 그것들에게 의미를 부여함으로써 한 편의 시로 형상화 시킨다. 둘째, 그녀는 뛰어난 시적 재능을 갖고 있다. 풍부한 감성과 상상력, 그리고 자신만의 독창적인 표현법이 그것이다. 그녀의 에세이나 일상적인 글을 보면 조선 시대 양반집 규수들이 흔히 쓰던 문체를 엿볼 수 있다. 지금 그녀의 또래나 훨씬 윗세대들도 쓰지 않는 문체를 보인다는 것은 그녀만의 독창성을 이끌어 낼 수 있는 시 쓰기 또는 글쓰기의 좋은 자산이라고 할 수 있다. 셋째, 시인은 자신이 쓴 시에 맞게 말과 행동이 따라야 한다. 그러나 시 따로 행동 따로인 시인들이 많음을 볼 수 있다. 물론 시인도 사람이기 때문에 어쩔 수 없다고 말할 수 있다. 하지만 시인들은 자신이 쓴 시 그대로 말과 행동을 할 수는 없다 하더라도 비슷하게라도 흉내는 낼 수 있어야 한다. 이를 시인의 책무라고 할 때 그 책무를 감당할 수 있다면 더없이 좋은 시인이 될 수 있을 것이다. 고유진은 올곧은 성품과 따뜻한 눈을 갖고 있다. 그녀는 자신의 이런 성품대로 시민운동을 통해 약자들을 대변하고 부조리한 사회에 대해 항거할 줄도 안다. 물론 이 시집에서는 이에 대한 시편이 별로 없지만 다음 시집 출간을 위해 써 놓은 시편들을 보면 그녀의 올곧은 품성을 그대로 드러낸다. 넷째, 고유진은 풍부한 독서로 높은 식견을 갖췄다. 식견이 높으면 시를 쓰거나 에세이를 쓸 때 많은 도움이 된다. 물론 식견이 높아야 글을 잘 쓰는 것은 아니지만 식견이 낮은 것보다야 높은 것이 나은 건 사실이다.

이상에서 보듯 고유진은 시를 잘 쓸 수 있는 여건을 갖춘 이미 준비된 시인임에 틀림없다. 당부하건대 좋은 시를 쓰기 위해서는 누구의 눈치도 보지 말고, 쓸데없는 시 패거리에 속하지도 말고, 시의 멋을 부리기 위해 과도한 꾸밈이나 과장, 흉내 내기 등에 각별히 유념했으면 한다. 자신의 개성과 생각을 잘 살리기 위해서는 본대로, 들은 대로, 느낀 대로. 경험한 대로 솔직하게 시를 쓴다면 사신이 추구하고 지향하는 시적성과를 얻게 됨으로써 독자들의 공감을 불러일으키는 좋은 시인이 되리라 의심치 않는다. 한국 시단에 또 한명의 새로운 시인의 탄생을 큰 박수로써 환영하고 첫 시집 발간을 진심으로 축하한다.